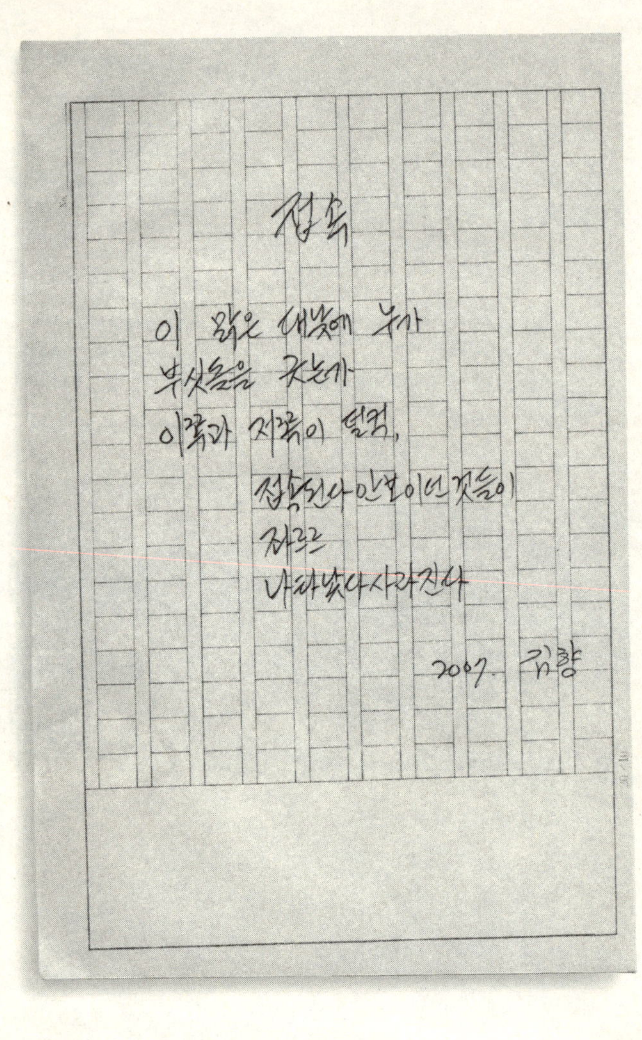

접속

이 약은 대낮에 누가
부싯돌을 긋는가
이쪽과 저쪽이 섬광,

접속한다 안보이던 것들이
저리고
나타났다 사라진다

2007. 김향

수레 발자국

시인선 0089

시인동네

시작시인선 0089
수레 발자국

찍은날 ㅣ 2007년 10월 15일
펴낸날 ㅣ 2007년 10월 20일

지은이 ㅣ 김향
펴낸이 ㅣ 김태석
펴낸곳 ㅣ (주)천년의시작
등록번호 ㅣ 제300-2006-9호
등록일자 ㅣ 2006년 1월 10일

주소 ㅣ (우110-872) 서울시 종로구 내수동 72번지
　　　　경희궁의아침 3단지 오피스텔 331호
전화 ㅣ 02-723-8668
팩스 ㅣ 02-723-8630
홈페이지 ㅣ www.poempoem.com
전자우편 ㅣ poemsijak@hanmail.net

ⓒ김향, 2007. printed in Seoul, Korea

ISBN 978-89-6021-039-4 02810

값 7,000원

• 잘못된 책은 바꾸어드립니다.
• 지은이와의 협의에 의해 인지는 생략합니다.

수레 발자국

김향 시집

2007

自序

걷다가

달리다가

다시 걸으면서

속도를 벗어버린다.

■ 차 례

I

눈부시다

꿈이 너무 부셔서 잠이 깼다
방 안 가득 빛이다
후다닥 일어나 빛 가운데 앉는다
빛은 부드럽고 미끄럽게 나를 쌈 싼다
한 입!
무엇의 입 속으로 나는 들어가고 있는 걸까

내 헌 몸이 녹아드는지 둥둥 가볍다
빛은 빠르게 이동한다
금세 내가 그늘진다
몸이 무거워진다 다시,
그 부신 꿈을 꾸어보려고 잠 속으로 기어드니
꿈이 텅 비었다

텅텅,
잠을 두드리니
허탕이 삐꺽 문을 연다
하얀 복면이다

오후 세 시에서 다섯 시 사이

흰 나비가 공중에 무엇인가 그리다 갔다 간다
왕벌 한 마리가 황급하게 나비 뒤를 따라갔다 간다
나비와 왕벌이 사라진 숲에서
거미줄이 잠시 출렁거렸다 거린다

숲은 반쯤 빛나고 반쯤은 어두웠다 어둡다
시간이 점점 어둠 쪽으로 가는 동안
매미 소리가 울창하게 숲을 흔들었다 흔든다

마을로 닿는 길 끝에
단검 모양으로 남은 햇빛 한 조각

빙글빙글

벌 한 마리가 나리꽃 주변을 빙글빙글 돌다가
한 송이 나리에 머리를 처박는다
꽃판이, 치켜든 벌의 꽁지를 빙글빙글 돌린다
꽃과 벌이 기댄 공중 한 귀퉁이가 덩달아 돈다
벌의 다리가 움직일 때마다
꽃잎은 젖혀지거나 구겨진다
꽃은 잎을 착 발린 채 몸을 다 내어주고
벌은 골똘히 꽃의 생각을 파고든다
노란 꽃가루가 재빨리 다리에 들러붙는다

벌이 자주 눈길을 주던 아래쪽 봉오리 하나가
아까보다 조금 더 벌어져 있다

나리꽃은 十方으로 열려 있다

어느 게와의 짧은 만남

마량포구에서 사온 생굴 속에서 뭔가 꼼지락거린다
손가락으로 헤쳐보니 팥알만 한 새끼 게 한 마리
얼떨결에 묻어와 생면부지의 나와 만난다
상서롭지 못한 그와 나의 조우
나는 그릇에 물을 담아 게를 넣는다
게는 낯설고 적막한 풍경을 느리게 더듬어보다가
곧 잠잠해진다
내가 톡톡 신호를 보내자
작은 집게발가락으로 희미하게 물을 젓는다
어느 먼 대양으로부터 가까스로 도달한
한 마디 물결처럼

목마른 군자란에 물 주고 돌아와 다시
신호를 보냈지만 부재중전화처럼 응답이 없다
"연결이 되지 않아 삐 소리 후 소리샘으로 연결되며"
나는 음성메시지를 남긴다

잘 가라 먼 길…

느닷없이 한 짧은 생의 임종을 지켜본 밤

11월 첫날이 춥다
길고 무겁다

불면

누구,
저기 저, 문틈으로 엿보는 자의 복면 좀 벗겨줘
노란 담 위에서 홰를 치는 자의 깃발 좀 내려줘
닭장 속 닭들의 시뻘건 벼슬과
초원을 달리는 얼룩말의 어지러운 엉덩이
벼랑 끝에 내려앉은 독수리의 발톱이
내 꿈을 마구 긁어대
길길이 솟구치는 홍해의 해일과
베수비오 분화구의 부글거리는 용암이 나를 덮쳐
사막 끝에서 끊임없이 모래를 뒤적이는
화석 같은 노파의 주름이 내 가슴에 물결쳐
물동이 이고 가는 검은 여인의 갈라터진 뒤꿈치가
물동이 속에서 이글거리는 태양이
내 잠을 까맣게 태워
누가,
활짝 핀 해바라기의 가늘고 긴 모가지를 비틀고 있어
꽃들이 내지르는 비명이 밤하늘에 촘촘히 박혀
사냥을 끝낸 암사자의 깊은 밤
내 가슴 한복판 불끈거리는 거기, 누구?
붉고 긴 대못 같은

화엄제비꽃

지리산 키 큰 낙엽수 밑을 지나다
돌부리에 걸려 넘어졌을 때 겨우
화엄제비꽃을 보았다
몸을 낮추어야 그 세계를 들여다볼 수 있는 꽃
화엄 가운데 발기한 꽃자리는 그래도 붉다

낙엽수 컴컴한 밑동에 화엄이 물결친다
엎어진 채 마음 한구석 축축한 곳에
제비꽃 한 그루 옮겨 심는다

나는 언제쯤 저 화엄의 물관을 타고 내려가
내 마음 환하게 들여다볼 수 있을까

어떤 검증

람세스 1세가 나이아가라 박물관에 누워 있다
그는 오래 전 나일강에서 나이아가라로
짐짝처럼 화물칸에 실려 왔다
고대의 왕이여!
당신은 지금 검증 받기 위해 낯선 백성 앞에
벌거벗긴 채 누워 있다
살마저 벗고 휑한 뼈로 차디찬 바닥에
뎅그렇게 누워 있다
정밀 카메라와 CT촬영기와 X레이 기기와…
온갖 현대의 기재들이 당신의 몸 구석구석을 뒤진다
그래도 당신은 파라오의 위엄을 잃지 않고
입을 굳게 다물었다
빗살무늬 갈비뼈 안에 아마포 뭉치가 보인다
그것이 내장이었다면
당신의 위상은 평민으로 강등될 뻔했다
이제 렌즈는 서서히 당신의 생식기를 클로즈업한다
한때는 막강하게 휘날렸을 그것
이집트 최고의 여인들에게 오곡의 씨를 뿌렸을
저 물컹한 주머니가
평민인 여자, 내 앞에 아무렇지도 않게 놓인다

너덜너덜한 아마포에 둘둘 말린 채

남쵸호수*에게 다가가기

남쵸 남쵸 남쵸 남쵸 남쵸 남쵸 남쵸 남쵸…

기다려라
너에게로 가는 마지막 고개 5,200미터를
헉,헉,헉,헉, 넘는다
거의 다 왔다 아니다
눈발 날린다
이 굵은 눈 그치지 않으면
너에게 가지 못하리
온 천지가 눈인데 뼛속까지 눈인데
또 눈눈, 내리는구나

오다가 그치는구나
그때 문득 보인다
네 푸른 몸뚱이 반짝이는 비늘
하늘 아래 첫 호수
탕굴라산맥 대대손손이 네 울타리구나

남쵸, 나는 너와 가지런히 눕는다
너의 둥근 가장자리가

내 심장을 따뜻하게 적신다
나는 귀로 너에게 말을 건다
네가 양띠라고?
소띠인 나는 너와 근친일까?
그러나 우리는 가축이 아니다
산양과 들소
저 탕굴라산맥을 헤집고 다니는
싱싱한 날것들

저기, 야크가 온다
너처럼 출렁이며 온다
눈곱 잔뜩 낀 눈을 껌벅이며
흔들흔들 스쳐간다
스쳐간다…
순간도 흔들흔들 스쳐간다
너는 물결로 오고 물결로 가서
다시 또 새것으로 오지만
나는 언제 새 걸음으로 와
네 곁에 다시 누울까

*티베트에 있는 하늘 아래 첫 호수(해발 4,718미터)

야크족

티베트고원 황량한 벌판에서
그는 야크와 단둘이 살았습니다
야크는 풀을 먹고 그는 야크의 젖으로
버터차와 요구르트를 만들어 먹었습니다
벌판은 그들의 집이고, 우주며, 죽음이었습니다

비바람이 초원에 몰아치던 어느 날
야크는 그의 곁에서 조용히 눈을 감았습니다
싸늘해진 야크를 껴안고 그도
새벽달처럼 이울어갔습니다

파랗고 파래서 살 떨리는 하늘을 헤치며
어디선가 한 떼의 독수리들이
우르르 그들에게 내려앉았습니다

배꼽

선원에서 깜빡 졸다가 눈을 뜨니
앞줄에 쭈르륵 앉은 사람들
굳은살 박인 발바닥이 먼저 눈에 들어온다
무릎 꿇어야 비로소 온전히 보이는 발바닥
저마다의 발바닥이 걸어오던 길을 내려놓고 쉬는 중이다
아니다, 쉬는 줄 알았으나
또 다른 길을 띄엄띄엄 가는 중이다

내 발바닥을 보려고 고개를 돌렸을 때
방석 위에 꼭 그만 한 크기의 아기가 누워 배꼽 내놓은 채
쌕쌕 잠들어 있다
일어났다 사라지고 사라졌다 일어나는 저 분명한 호흡
아기는 오로지 그 짓만 하고 있다

찾을 길 없는 말랑한 그의 외딴길
그 끝에 샘처럼 박힌
배꼽!

몇 십, 몇 백 날이 훠이훠이 날아갔을까

봉은사 법왕루 따스한 봄볕 내리쬐는 창가에
여자 몇, 비둘기 한 쌍 나른하게 들어 있다
여래도 봄볕에 노곤하신지 눈이 가무스름하다
나는 금강경을 꾹꾹 눌러 적는 여자와
염주를 돌리며 절하는 여자 사이에 주섬주섬 앉는다
무거운 눈꺼풀이 저절로 스르르 눈동자를 덮는다
마당에서는 새들이, 담 너머 아셈 거리에서는 자동차 바
퀴들이
저마다의 경전을 중얼거리고 염주를 굴린다

펄럭, 금강경 한 장이 꽃살문에 화살처럼 박힌다
단단한 그 죽비 한 차례에 내 물렁한 등이 터진다
푸드득, 비둘기 날아가는 소리
대뚱거리던 그 다홍 발목 어느 대목에 걸려 넘어졌을까

눈을 떴다
눈앞이 어릿어릿하다
앞뜰 단풍이 빨갛다
경전도 염주도 비둘기도 없다
마주보이는 법당 기왓장이 한 겹 더 색을 벗었다

몇 십, 몇 백 날이 훠이훠이 날아갔는지
여래의 턱수염이 조금 길어졌다

먼저 죽어가는 쪽

7월4일 아파트 단지 감나무 깊은 속에서
매미소리가 들렸다 정확히 12박자를 울고
20박자를 쉬었다
다음날은 비가 왔고
비 그친 뒤로는 더 크고 길게 울었다
울음은 점점 증폭되더니 죽음이 임박한 주일에는
불철주야 목 놓아 울어 제쳤다
감나무 가지가 휘청거렸다
(존재의 방식은 무릇 시끄러움에 깃드나니)
잠시 매미소리가 뚝 그치면 내 방도 뚝 고요하다
그러면 나는 공연히 초조해져 방 안을 서성댄다
왼쪽 귀를 창밖으로 내밀었다가 오른쪽 귀를 내미니
그들의 가쁜 숨소리가 희미하게 들린다

"왼쪽의 기능이 약하시군요"
엊그제 의사가 내게 말했다
일본의 사진작가 후지와라는 피안의 세계와도 같은
그의 작품을
먼저 죽어가는 쪽, 왼쪽 눈으로 찍는다고 했다
먼저 죽어가는 쪽?

정신을 왼쪽으로 몰아가는데
오른손이 슬멋 왼손을 끌어당긴다
“쓸쓸해”

저 죽음이 순하다

사람보다 개를 더 자주 만나는 시골길
화순 못미처 능주 지석 강변 벚나무 아래
나의 몸과 마음을 차려놓는다
벚꽃이 만개하여 제물은 절로 그득하니
달 뜨기를 기다려 강물에서 그놈만 건져놓으면
한 상 떡 벌어지겠다

벚나무에 기대 바라보는 강 건너 무덤이 나른하다
내 눈꺼풀도 점점 나른해진다
천하장사도 무거워 들어올리지 못한다는 제 잠의 눈꺼풀
이대로 눈 닫아버리면 저 떨어진 흰 꽃잎들이
날 데리고 강 건너 줄까

들고 나는 목숨들이 뜨고 지는 자리
양지바른 곳으로 머리를 둔 저 죽음이 순하다

이사

오늘은 그가 이사하는 날
이삿짐도, 더불어 살아갈 식구도 없이
혼자 이사를 한다
삶을 처음 시작할 때처럼 맨주먹이다
자주 바람이 들이치던 집
함께 아프며 같이 낡아가던 집을 떠나
새 집으로 그가 흔들흔들 들어간다
그가 아니면 들어갈 수 없는 집
다시는 옮겨갈 수 없는 집

그가 당도하자 집은 입을 열어 그를 맞는다
축축한 혓바닥과 후끈한 입김으로
뻣뻣한 그의 몸을 받는다
한때 그의 기둥이며 줄기였던 뼈다귀들을 껴안고
오랜 노동으로 휘어진 등뼈와
오른쪽이 짧은 팔다리를 가지런히 펼쳐놓는다

만삭이 되어도 분만하지 못하는 저 봉분들
달빛 아래 쭈빗쭈빗 털이 곤두선다

간지럼이 호기심을 불러

파도에 쓸려가는 모래가 발바닥을 간질인다
만가를 부르는 무당의 목 떨림이 목구멍을 간질인다
고수의 추임새 따라
흰 무명 혼의 길을 헤매다
지상의 돌밭에 처박힌 밤

어허, 넘자 어허허
저승길이 먼 줄 알았는데
문 앞이 저승일세!
어허, 넘자 어허허

상여소리, 내 귓불을 밤새 간지럽힌다

밤이면 꿈과 혼이 결탁하여 머릿속을 간질인다
그것들에 홀려 세상 밖으로 나가면
오, 아름다운 헛것들, 휘황한 것들
들큰하고 시큼하고 흐물거리며, 발목을 잡는 질긴 것들
그러나 더듬어보면 어디선가 마주쳤던 낯익은 것들

끈끈한 그것들을 굴비처럼 꿰어 차고

비틀비틀 꿈 밖으로 돌아오니
아침이 어찔어찔하다

책을 썰다

오늘 아침 칼로 책을 썰었다
식빵이나 고기처럼 도마 위에 놓고 썰었다
꽤나 질길 줄 알았는데 순하게 썰렸다
피도 나오지 않았다

책을 쓴 사람에게 미안했다
책을 만든 사람에게도 미안했다
그러나 허리를 다친 뒤 누워 읽기가 무거워서
할 수 없이 썰었다

가뿐해진 낱권들은 속력을 내고 나는 숨이 찼다
보르헤스의 강의는 쉬는 시간이 없어서 지치기도 했지만
나는 그의 살점들을 오드득 오드득 씹으며 따라갔다
삼사라, 사마디, 카르마…
눈앞이 캄캄했다
불빛을 좀 더 키워야겠다

밖에는 별빛이 무르익고 있으리라
누군가 하늘을 보며
별을 읽고 있으리라

수레 발자국

한 마리 나비를 따라갑니다
……………

가다가 쉬고 쉬다가 가면서……

날은 맑고 햇빛은 뜨겁습니다
날은 흐리고 비 오고 눈 내립니다

나비 등에 내가 업히다가
나의 등에 나비가 업히다가……
……………
………………………………

한 수레가 간 길을 따라갑니다
바퀴가 지평선을 감고 사라진 곳에서
내가 깜빡 사라집니다
………………………………………
………………………………
……………

날은 맑고 햇빛은 뜨겁습니다
날은 흐리고 비 오고 눈 내립니다

II

나팔꽃

헛것이 온다
헛것이 간다
창백한 뜰에
나팔꽃 하나 온다
녹슨 창살을 타고
기어이

오아시스 이야기

—사라진 태양을 찾아오면 네 몸을 돌려주겠다.

캄캄한 숲이 그녀에게 말했습니다.

몸을 빼앗긴 그녀의 혼은 혼자 쓸쓸히 먼 길을 떠났습니다.

눈 덮인 산맥을 넘어 어느 황량한 고원에 도달했을 때

태양은 지평선에 턱을 고이고 그녀를 바라보고 있었습니다.

그녀가 달려가 잡으려 하자 태양은 순식간에

지평선 너머로 깜빡 사라져버렸습니다.

그녀는 다시 바다를 건너 '태양의 제국' 이란 나라를 찾아갔지만

그 나라는 이미 쇠락하여 태양은 어디론가 떠난 후였죠.

수천수만 년을 헤매다 지치고 지친 그녀의 혼이

숲이 있던 곳으로 겨우 돌아와보니

아, 캄캄하던 숲은 사라지고 태양이 찬란하게 빛나고 있지 않겠어요?

—그 숲이 어디로, 도대체 어디로 가버린 것일까?

그녀가 중얼거리며 두리번거리는데 태양이 다가와 말했습니다.

—그 숲은 그동안 이렇게 사막이 되고 말았지.

내가 너에게 새 몸을 줄 테니 따라오너라.
태양은 사막 가운데로 들어가 모래를 파고 그녀의 혼을
묻었습니다.
　─너는 사라진 그 숲의 호수였단다. 어느 날
숲의 하나뿐이던 아이가 호수에 빠져 죽은 뒤
숲은 나무로 호수를 덮어버렸지.
떠돌던 너의 혼은 이제 새 몸을 얻어 다시 물이 될 것이다.
아홉 날 아홉 밤이 지나자 그곳에서 물이 솟고 초목이 돋
아났어요.
사람들이 그녀 주변에 모여 살기 시작했습니다.
오아시스! 오아시스! 라고 부르며.

오아시스에서 태어나 오아시스에서 자라고 그곳에서
늙어가는 사람들은 오아시스가 어딘지 모릅니다.
오아시스를 그리다 눈감은 사람들의 무덤이 다시 사막이
될 때까지.

아기 코브라가

따스한 봄날 아기 코브라가 갈대밭에 놀러 나왔습니다
지나가던 사람들이 깜짝 놀라 소리 지릅니다
―어머! 저 뱀 좀 봐. 아으 징그러. 소름 끼치네.
아기 코브라도 그 소리에 놀라 갈대밭 속으로 스르르
스며듭니다

지나가던 바람이 아기 코브라를 만져주며 말합니다
―욕이란, 음식 같아서 하는 자의 마음이지만,
먹는 것은 듣는 자의 마음이란다
인간이란 원래 무엇이든 자기 잣대로 판단하는 존재거든

갈대들이 끄덕거립니다 서걱서걱
아기 코브라는 욕이 뭔지 잣대가 뭔지 알 수 없지만
왠지 기분이 좋아져서 갈대밭을 마구 뒹굽니다 서걱서걱

부겐베리아

―와! 꽃이 피었네
―너무너무 이쁘다!
사람들이 감탄하는 소리를 들으며 내 귀는 재글재글하고
가슴은 콩당콩당 뛰어
굵고 가는 팔뚝에 펄펄 힘이 솟아
흙 속에 깊이 묻어둔 발가락들, 그 든든한 권속들로부터
오늘도 어김없이 택배가 도착하는군
어제 내린 단비와, 농부 박씨가 차려준 기름진 밥상
갓 빚은 싱싱한 이슬까지…
발치에서 뒹굴던 잎들이 버석버석 떠나가며 중얼거려
―사람들은 왜 그렇게 점점 오래 사는 거야?
봄마다 쑥쑥 꽃대를 밀어 올리지도 못하는 것들이
그러나…
무릇, 삶은 짧고 잔인하다고
이 진홍빛 꽃부리가 저 헌 잎들의 내 전생이라고
지나가던 바람이 내 붉은 입술에 입 맞추며 말하네
활짝 연 가슴에 주둥이를 틀어박은 호랑나비 한 마리
긴 더듬이로 사각사각 무언가를

꽃 진 자리, 그 검은 폐허에

뭉클,
바오밥나무 봉오리가 부풀어 터진다
붉은 입 속으로 달빛이 쏟아진다
단 하루뿐인 바오밥꽃의 생명
팽팽하게 긴장된 꽃의 떨림이
파르르 가지를 흔든다
가슴을 파고드는 것들을 껴안고
꽃은 하얗게 폭발한다

새벽이 선잠 든 사막의 모래를 깨우며 온다
사냥에 지친 한 떼의 무리들이
느릿느릿 둥지로 돌아가고
일생을 마친 바오밥꽃의 빈 가슴에
그렁그렁 이슬 고인다

꽃 진 자리, 그 검은 폐허에
천년을 품은 열매 맺힌다
붉은머리베짜는새 한 마리
아직 여물지 않은 열매를 콕콕 찔러본다

어디선가 작은 씨앗이 날아와

어디선가 작은 씨앗이 날아와
사원의 탑 꼭대기에 가볍게 내려앉았습니다
싹을 틔우며 뿌리는 돌을 뚫고
아래로 아래로 뻗어 내려가
성벽을 흔들고
사원을 허물고 왕궁을 짓눌렀습니다
허물 벗은 수천 마리 뱀 같은 가지들이
사람의 길을 가두고 석상의 목을 졸랐습니다
무너져가는 왕궁의 지붕에서
원숭이는 휘파람을 불고
사원의 은밀한 지성소에는
박쥐들이 푸득였습니다
나른한 한낮이 무화과 잎에서 뒹굴다 가고
석상의 두 눈에 달빛 가득 찰 때
들소가 끄는 수레를 타고
호수를 건너는 한 사람의 그림자가 어른거렸습니다
별빛 창백한 폐허가 만방에 아름다웠습니다

서기 156년의 곡괭이가

방물장사, 봇짐장사, 옹기장사, 진동하는 말발굽과
병사들의 함성
먼 곳의 먼 것들이 이고, 지고, 채찍질하며
하늘재*를 넘는다
고갯마루는 춥다 숨차다
옹기 장사는 지게를 내려놓고
소맷부리에 양손을 넣으며 옹기를 들여다본다
캄캄하나 깊은 속
물이거나 술이거나 간장이거나 된장이거나
주는 대로 보듬어 안는 옹기들
지금은 하늘로 가득 차 배가 터질 것 같다

아무도 이제는 걸어서 오르지 않는 하늘재
그림자를 끌며 다람쥐 한 마리가 느릿느릿 길을 건넌다
다람쥐도 나도 그림자가 무거워 등이 굽었다
1800년 전 흔적을 펄럭이며 바람이 불다 말고
저 혼자 붉다 지친 주흘산 단풍이 희미해진다

우르르 적막이 친다
서기 156년의 곡괭이가 쿵,

하늘재에 꽂힌다

장터

운남성 장족의 장날이다
새끼 돼지들 끌려와 복숭아나무 아래
마대 속에서 오골거린다
분홍빛 맨살이 갓 피어난 복숭아꽃 빛이다
돼지 새끼들, 돼지 장사 손바닥에서
서로 살 비비며 쌕쌕 잠들었고
나도 누군가의 손바닥 위에서
흘깃흘깃 남의 죽음을 구경하고 있다

좁고 긴 플라스틱 통 안에 물고기가 가득하다
저마다 수면 위에 생명선을 대고 뻐끔거린다
마지막 호흡을 섬기려는 안간힘이 부글부글하다

복숭아꽃 너울대는 양지바른 장터에
간발의 주검들이 고요하게 포개진다

운남성 홍하 다락논

3000계단의 다락논을 보러 십만 리를 달려왔다
다락논에 물크러지는 해를 건지러 덜컹덜컹 왔다
이 깊은 골짜기에 누덕누덕 기운 밭과 밭이
초록으로 쨍하다
알몸이 아니고는 마주 설 수 없는 거울이다 거기,
해와 바람과 경작에 푹 절은 사람들의
쟁기처럼 굽은 허리가 궁휼히 비친다
1700미터 저 척박한 산꼭대기도 사람에게
몸 베어주는구나

해는 어디서 저리 붉게 울다 오는가
눈썹도 눈도 뺨도 다 젖었다
가장 낮은 논바닥의 눈시울이 덩달아 뜨겁다

간다라의 부처

웃통을 벗어젖힌 사내가 흙을 빚는다
보리수 염주처럼 검게 익은 등으로 주르륵 땀이 흐른다
그의 손끝에서 말랑말랑한 부처가 막 태어난다
치렁치렁한 곱슬머리, 움푹한 눈과 코
부처는 지금 그의 본적지 카필라 왕국으로부터
간다라 지방으로 이적 중이다
아기 부처가 이글거리는 불 속으로 들어간다

탁실라*
섭씨 40도의 열기 속에서
나는 비지땀을 흘리고 부처는 더욱 공고해지고

*파키스탄의 옛 도시로 쿠샨 왕조 마우리아 왕조 등의 유적이 있음

봄을 뚫고

이도령 고개를 넘어 춘양굴 속으로
'백조관광'이 봄 비비며 들어간다
차 안 가득 이 시대의 백조들
붉고 푸른 깃털 날리며
봄을 씽씽 뚫고 간다
저 열렬한 色! 무작위의 시나위!

그 뒤를 따라가는 하동행 시외버스 속
백조도 아닌, 백수도 아닌 것 서너 마리가
노곤한 창가에서 졸고 있다 꾸벅꾸벅!

궁창을 떠돌던 티끌 하나가

물 속에 무지개가 떴다
춘천에서 양구 가는 배가 일으키는 물거품을 타고
무지개는 계속 따라온다
명치끝에서 치근거리는 저 森羅와 萬象

무지개 너머에서 빛의 알들이 바글바글 끓는다
산그늘 하나가 덥석 그들을 덮친다
강물이 무겁게 내려앉는다

하늘이 달 돋는 쪽으로 기울어진다
궁창을 떠돌던 티끌 하나가 새 물결을 일으킨다
내가 타고 있는 배가 물결 하나에 기우뚱거린다
타다다닥!
수면을 박차고 새떼가 튀어오른다
새들이 몰고 가는 하늘에
여기저기 쩌억쩍 금이 간다

우포늪, 가시연꽃 붉게 물들 때

낡고 삭은 것들 환한 그 늪에
한 마리 까치가 왔습니다
흑백의 정장을 하고 맨발로 왔습니다
늪에는 뿔쇠, 쇠물닭, 댕기머리물떼새들이
떼 지어 끼릭끼릭 놀고 있었습니다
암놈을 따라가는 수놈의 거친 숨소리
도망치는 암놈의 퍼덕거림이
한낮의 적막을 흔들고 있었습니다
내 젊은 날의 눈썹 같은 깃털 날리며
새들의 발뒤꿈치를 따라가는 물살이
네 마음 다 안다 꿈틀거렸습니다
늪가에서 바라보던 까치는
깃털을 부풀리다가 창포 줄기를 건드리다가
소나무 가지 사이 새들의 길로 날아갔습니다
까치가 날아간 길에는 가시연꽃만 붉게
타오르고 있었습니다

유목의 내 마음이

유목의 내 마음이 초원에서 한 마리 말을 만났습니다.
오른쪽 눈꺼풀에 점이 있는 그 말을
나는 오점이라 불렀습니다
천지가 집인 오점과 나는 정처 없이 갔습니다
담비의 길, 초원의 길, 삼림의 길, 모피의 길…

초원을 떠돌다가 우리는 보르칸산 기슭에서
그 호수를 보았습니다 온몸이 눈인 호수에는
우리가 지나온 길이 다 담겨 있었습니다
아직 딛지 못한 하늘까지도

밤이 되자 호수에 달이 떴습니다
물결이 요람처럼 달을 흔들었습니다
보르칸산 어깨가 덩달아 들썩였습니다
밤이 깊을수록 호수가 비추는 세상이
참 밝고 고요했습니다

연금술사

그 방은 유백색 희미한 불빛에 흔들리고 있다
책상에는 모가지가 긴 플라스크, 증류기와 증류병,
절구와 절구공이
그리고 납작하게 엎드린 악어 한 마리
컴컴한 화덕은 외로운 자궁처럼 입을 벌린 채
불을 기다리고
청잣빛 유리관에는 질소와 수은과 유황이 담겨 있다
묘약으로 승화될 한낱 물질들

정화의 물이 가득한 목욕통에서 그가 나온다
조심스럽게 풀무를 일으켜 불을 지핀다
화덕이 눈을 뜬다 자궁이 시뻘겋게 달아오른다
황금의 묘약이 노랗게 익어간다

숫양의 별들이 총총한 밤
하늘이 뜨겁다
만삭의 달이 무겁다

화덕이 신전이다

변방에서

사랑해 사랑해 하면서도 사랑해지지 않는 너를 떠나
변방에서 변방으로 헛돌다가
파미르의 입김이 안개처럼 떠도는 어느 고원에 다다라
삐걱거리는 몸과 마음을 내려놓고
가슴에 묻어둔 마지막 불씨를 꺼내 불을 지핀다

홀로된 짐승들이 울부짖는 이 벌판
유목민의 텐트 안에는 한 아이가 태어나고
한 노인은 죽어간다

내가 떠나온, 떠나왔다고 생각한 저편에
오늘밤도 집을 등진 사람들이 회오리리라
바빌로니아의 탑처럼 솟구친 빌딩
그 아득한 절벽 아래 줄줄이 꿰인 자동차 불빛들이
빨갛게 서로의 꽁무니를 물고 있으리라

언뜻 마주치는 낯익은 모습
(나인 것 같은, 나일 것임에 틀림이 없는)
나는 그의 손을 잡고 눈썹과 머리와
부어오른 발등에 쌓인 눈을 털어준다

불면의 오랜 눈동자에 고인 축축한 물기를 닦아준다
혈육 같은 그대
나는 나를 떠난 것이 아니었구나

후두둑, 철쭉이 진다

철쭉이 흐드러진 산에 들어가
봄바람에 부푼 흙더미를 베고 눕는다
퀴퀴한 냄새가 나를 발효시키는지
뱃속이 부글거린다
한 숨 늘어지게 자고 나면 저 꽃 빛
노을에 푹 익어 있을까?

마을 쪽에서 웅성거리는 소리 들린다
고인돌처럼 육중한 저 가마솥에서
어느 한 생이 부글부글 끓고 있는지
연기 피어오르고 누릿한 냄새 퍼진다
발버둥쳤을 마지막 파열음도
양념에 버무려져 부글부글 끓고 있겠다
덜그럭, 부시럭 밥상이 차려지고
낮술에 취한 벌건 살점들이 왁자지껄 둘러앉는다

후두둑, 철쭉이 진다

땅 속, 그 깊은 곳은

시끄러운 기계 소리에 잠이 깼다
밭 가장자리 낡은 집이 헐리고 있다
끼리끼리 어울렸던 기왓장이며 시멘트 벽돌, 철근 조각,
돌멩이, 타일 부스러기들이 서로 뒤섞여
모처럼 사이를 트는지
살 비비는 소리 왁자하다
포클레인의 육중한 손가락이 농을 걸듯 툭툭
집의 혼을 건드리는 옆
손바닥만큼 남은 채소밭에서
밭주인은 열심히 푸름을 솎아낸다
푸름 속에는 더러 희끗희끗함도, 누리끼리함도 묻어난다

그는 나무 상자에 밥을 담아 땅을 파고
조심조심 구덩이에 넣는다
짚을 덮고 다독다독 상자를 묻는다
땅에게 바치는 한 수레 공양이다
시큼한 냄새, 흐물흐물한 저 밥에서 자라는 것들
흙이 기르는 밥, 밥이 살리는 목숨들이 살찌는 땅 속 그
깊은 곳은
오늘도 후끈하고 질펀하다

꿈 속의 꿈

꿈에 내가 죽어가고 있었다
나는 몸 밖으로 나와 몸에게 처방했다

―심장박동 재개
―빛과 물과 소금 투여
―순도 100%의 사랑 무작위로 살포

그러나 몸은 이미 내 것이 아니어서
점점 굳어가고 있었다
마음이 울며불며 매달렸지만…
울다 지쳐 잠든 아이처럼 마음이 제풀에 조용해지자
몸은 손을 내밀었다 같이 가야 한다고
몸과 마음이 나란히 누워 마침내 가지런해졌을 때

나는 잠이 깼다
밥상은 이미 차려져 있었다
달고 쓰고 시고 떫고, 황량하고 질펀한…
첫 술이 시큼했다

일출

저 핏덩이,
누가 이 시퍼런 바다에 덜컥
내질렀나
콸콸 쏟아지는 핏물이
바다에 곧장 길을 낸다

저 시뻘건 길로 저벅저벅 걸어가
뜨거운 핏덩이 건져 올려
뿌연 하늘에 내걸고 싶다

오래된 잠

우주를 떠돌던 그녀의 오래된 잠이
어느 봄날 나른한 창가에서 눈을 뜬다

갈대밭 사이 웅크린 움집에서
가뭇가뭇 연기 피어오른다
털북숭이 사내들이 맨손으로 물고기를 잡고
벌거벗은 여자들은 젖과 꿀이 흐르는 열매를 딴다
거대한 짐승이 지나가는 들판이
출렁다리처럼 흔들린다

─아니, 세상이 어떻게 된 거야?
내가 아직 꿈을 꾸고 있나?
그녀는 깨어나려고 애쓰지만 다시 또 깊은 잠에 빠진다

까마득히 높은 빌딩 휘황한 불빛 아래
사람보다 많은 로봇이 처벅처벅 걸어다닌다
하늘로 달리는 자동차들
그 불빛이 별빛을 가려 새들이 자주 추락한다
더 이상 사랑도, 후회도, 위로도 필요치 않은 사람들이
각종 리모콘을 누르며 안락의자에 푹 파묻혀 있다

그녀가 잠든 동안
실종된 그녀의 현재가 쓱쓱,
선사와 역사를 복사하고 있다

하루

신작로에서 개 두 마리가 헐레벌떡 띈다
비슷한 크기의 흰둥이와 누렁이
앞서가는 흰둥이가 암놈인 듯 누렁이는
녀석의 뒷구멍을 연신 핥는다
경고등 앞에서 망설이는 앞바퀴처럼
흰둥이는 멈출 듯 말 듯 잠깐씩 머뭇거린다
신 새벽에 벌써 짝짓기?

찌그덕, 손발이 맞지 않는 대문을 열고
호박색 슬리퍼가 지익직
밭으로 간다 아침거리를 따러 가나보다
밤새 묵은 입 속의 군내를 가글가글 헹궈줄
상큼한 아침거리
이슬 툭툭 털어내고 씹으면 그 여린 몸
참 아삭하겠다
뼛속 깊이 푸르르겠다

가방을 둘러메고 지나가는 젊은 남자는
눈꺼풀에 매달린 잠을 손등으로 쓱 문지른다
축 늘어진 어깻죽지에

뭉그적뭉그적 어지러운 꿈이 매달려 간다

길 모퉁이를 끌어안고
캄캄한 그림자를 앞세운 할머니가
주춤주춤 돌아 나와 굽은 허리를 잠깐 펴고
구름을 보다가 뭔가 생각난 듯
오던 길을 되돌아간다
할머니와 그림자의 저 오랜 되새김
걸어온 길이 질겅질겅하다

밤바다가 크고 작은 불을 켠다
어두운 곳에서 불빛만 떼를 지어 미끄러져간다
크고 환한 외눈 하나가
이쪽을 골똘히 바라보고 있다

고깔

사라나무 꼭대기에
고깔 하나 걸려 있다
한 사람이 벗어버린
수 세기 묵은 뚜껑

사라나무 밑동에서
고깔의 새싹 같은 투명한 것이
이마를 내민다

접속

이 맑은 대낮에
누가 부싯돌을 긋는가
이쪽과 저쪽이 덜컥, 접속된다
안 보이던 것들이 좌르르
나타났다 사라진다

은어와 밀물

갑자기 물 속에서 은장도 하나가 튀어 올라
햇빛에 찰칵 부딪친다
햇빛이 사악 베인다
수면이 반짝 들린다

초현실주의적 구름 밑으로
저녁 해의 헛바닥이 간신히 걸린다
백사장이 점점 오므라든다

강물을 허벅지에 걸치고 고기 잡던 사내가
어디론지 가고 없다
머리만 남은 수초들이 허우적거린다
내가 딛고 온 작은 바위들이 보이지 않는다
덜커덕, 나는 강물에 갇힌다

호두

톡톡톡톡
두개골을 두드려 조심스럽게 뇌를 꺼낸다
쭈글쭈글하고 바삭바삭하고 고소한
그걸 먹는다
먹는 쪽도 먹히는 쪽도 하나라는
근사한 동굴 곰의 이미지를 떠올리면서

톡톡톡톡
또 하나의 두개골을 두드린다
열리지 않으려는 완강한 힘이 내 손가락을 밀어낸다
열고 닫힘의 팽팽한 긴장과 마찰
때를 기다려 느슨해진 그 자리를 세게 내려친다
이윽고 한 쪽의 힘이 스르르 풀린다

아, 골은 비었다

길은 천로역정이다

이스탄불로 가는 시골길에서 나는 생각한다
이스탄불보다는 비잔틴*이 더 근사하다고
그러나 비잔틴! 비잔틴! 부르면
'제국'이 등등하게 따라온다
시퍼렇고 근엄한 비잔틴!

나는 다시 생각한다
비잔틴보다는 알렉산드리아*가 낫다고
방금 헤어졌지만 또 보고 싶은 연인처럼
사라지지 않는 여운 알렉산드리아…

그러나 그 차랑차랑한 치맛자락에도
뚝뚝 핏물이 흐른다
나는 비릿한 슬픔이 단내를 풍기는 알렉산드리아를
질겅질겅 씹으며 간다

천로역정, 그 질긴 속으로

*비잔틴, 알렉산드리아는 모두 이스탄불의 옛 이름

지금 여기 있던 내가,

『중세의 가을』『사막』 한가운데 『모로 누운 돌부처』가
일어설 기색이 없다
『회저의 밤』에 『禪을 찾는 늑대』가 『황금 물고기』를
낚고 있다
『가슴이 붉은 딱새』가 『슬픈 열대』에서
『신의 지문』을 쫀다
『나, 황진이』가 『세상의 밥상에서』
『수저통에 비치는 저녁노을』에 붉게 젖는다
『장엄호텔』『404호』 안개 낀 창가에 기대
『욥의 아내』가 『제3의 길』을 뿌옇게 바라본다
『걸어온 길이 모두 젖었다』고 『검은, 소나기떼』가
우르르 몰려와 운다
『존재의 세 가지 거짓말』을 『픽션들』로 이해하는
나의 오해가
이들과 함께 방 안에 있다. 아니다
마침표를 찍기도 전에, 생각을 일으키자마자
지금 여기 있던 내가…

나는 『화엄경』을 품고 『세계를 떠난 사람의 집』에
들어가 눕는다

나는 중세의 필경사

나는 중세의 필경사
무릎 위에 양피지를 펴고 거위 깃 펜을 잡는다
오늘의 양피지는 死産된 송아지 가죽
송아지는 세상의 빛도 보지 못하고 어미를 떠나
낯선 내 무릎을 베고 누웠다
이 깃털은 어느 집 거위였을까
아름답지 못하다 천대받던 거위 아니었을까
죽어서 내게로 와 필기구가 된 송아지와 거위

송아지 등판을 거위가 사각사각 긁는다
오늘은 『성 마틴의 생애』를 마감하는 날
우리의 대제께서는 우아한 카롤링 서체를 요구했지만
나는 휴머니스트 서체로 쓰고 싶다
둥글고 넙적하고 편안한

드디어 마지막 문장, 손이 시리다
잉크가 얼기 전에 불을 조금만 더 지펴야겠다
불빛에 어른거리는 아름다운 글자들
이건 필사본이 아니다
내 들숨과 날숨이 분만한 아이들이다

글자들이, 아이들이 꼬물꼬물 기어 나온다

나는 두음문자 A의 손을 잡고 빙글빙글 춤을 춘다

A의 정수리에 꽂힌 사이프러스꽃이 향기를 뿜는다

A의 발목에 매달린 은방울꽃이 달랑거린다

에트나산 M 위에 초승달 C가 뜬다

S의 계곡으로 비단뱀 Z가 미끄러져간다

정상에는 Y가 있다

무한한 은유, Y 앞에서 나는 기도를 올린다

오! 예술이여 기술이여 현실이여 환상이여

제4빙하기, 툰드라

쉿!
동굴 안에 누가 있어
젊은 여자와 남자야
그들은 말없이 포개고 있어
절정의 날들도, 빛나던 상찬도
미혹도 소용돌이도 벗어놓은 채
뼈와 뼈로 누워 있어
머리맡의 부싯돌은 정전 중이야
언젯적 먹다 버린 조개껍질이 달그락거리고
팔랑, 꽃잎 하나 날아들어

동굴 밖에는 아직 순록과 영양들이 뛰노는데
누가 지평선을 끌고 지구 밖으로 가고 있어
하늘이 아른아른 지평선을 흔들어

아이스맨

어느 초겨울 그가 죽었다 3000미터 고지에서
청동의 칼이며, 짚으로 엮은 주머니
그의 마지막 성찬이었던 산사열매 찌꺼기를 지닌 채

아마도 그는 양식을 구하러 나섰을 것이다
양식은 발견되지 않고 날은 저물었을 것이다
그 해, 예상보다 빨리 눈보라가 쳤을 것이다

그의 머리맡에서 꽃은 피었다 지고
새들은 무엇인가 지저귀다 가고
어쩌면 다 식은 그의 살점이
어느 배고픈 짐승 하나쯤 구했을지도 모른다

지금 어린 목동이 5000살 먹은 조상을
지팡이로 두드려 깨우고 있다
질긴 끄나풀을 횃불처럼 흔들면서

발 밑이 불온하다

초승달 모양의 뿔, 다리 네 개
위로 굽은 어금니 한 쌍
땅을 끌고 다녔을 기다란 코
궁창으로 뚫린 일만 이천 년 전의 눈이
아득한 명부로부터 지상으로 끌려 나온다
아직 바래지지 않은 황토 빛 털이
오그라든 그의 뼈를 감싸고 있다

흙 속에 엉긴 무수한 인연의 실핏줄이
나를 잡아당기는지 발 밑이 불온하다
발가락에 힘을 주며 나는 질기게 버틴다
축축한 흙 위에 찍히는 신발 밑창의 빗살무늬
빗살무늬 항아리, 빗살무늬 턱수염, 조개무지, 돌널…
알타미라 동굴 벽에 어른거리는 번제의 핏자국

내가 위그르 여인이라면

내가 위그르 여인이라면
지금쯤 베틀에 앉아 카페트를 짜고 있겠지
누에고치를 고르며 흥얼거리겠지
이 명주실을 팔아 샌들을 사야겠네
챙 넓고 날개 달린 모자도 사야겠네
애인은 수레를 몰고 모래처럼 가벼운 내 마음은
수레보다 먼저 장터에 도착하네

내가 위그르 여인이라면
사막의 왕자 저 미라
바람 새는 그의 뼈에 내 붉은 살 끼우고
타클라마칸 그 뜨거운 가슴으로 달려가겠네

오, 장터에 엎드린 저 무수한 예배의 등짝들
표충사 대광전 겹겹의 묵은 기왓장 같은,
만어사 미륵전 앞에 엉겨 쓰러진 바위들 같은,

전탑에서 꽃탑으로

속 다 파먹고 엎어놓은 브라보콘같이
껍데기만 남은 탑의 군락지
건드리면 와르르 내게 쏟아질 것 같은 다 삭은 사리탑
발치에 얼룩 고양이 한 마리 혼침에 들었다
구멍 난 정수리, 해진 옆구리 툭툭 밀치고
좀생이별 같은, 알알의 사리 같은
작고 뽀얀 꽃들이 무더기무더기 둥지를 틀었다
전탑의 시대를 지나 꽃탑이 창궐한 인땡 유적지*

한 마리 뱀이, 아니 무수한 뱀들이
저 난만한 잡초 밑에서
늙은 탑의 자궁 안에서 얼크러졌는지
풍경이 오래 기우뚱거린다

*미얀마 중부 지역 혜호 부근의 유적지로 지은 연대를 알 수 없는 무수한 탑들이 허
물어져가고 있음

죽음이 햇빛에 반짝반짝하다

대기가 미라처럼 가뿐하다
햇빛은 촘촘하고 사람은 느슨하다
개울에서 미역 감는 아이들의 환호성을 떠메고
여린 부추 잎에 내린 이슬방울을 거두며
뉘엿뉘엿 소가 간다
짐에 눌려 눈만 간신히 내놓은 채
내가 놀며놀며 가는 이 길마저 짊어지고
비틀비틀 소가 간다
소의 노역을 되새김하며 개울이 흐른다

헐렁한 바퀴를 힘겹게 돌리며
흙길을 감아가던 낡은 버스가
가쁜 숨을 몰아쉬며 폐허에 다다른다
유적지 한 귀퉁이에 갓 빚은 무덤 하나가
누대를 되질하고 있다
무덤을 덮은 까맣고 노란 돌멩이들이 반지르르하다

죽음이 햇빛에 반짝반짝하다

실크로드를 탐사하려면

무엇보다 중요한 것은 당신의 목숨이 수시로 위협 받을 수 있다는 것을

자각하는 일이다. 탐사를 위하여 목숨을 담보할 용기가 있다면

잡다한 기억의 창고를 깨끗이 청소하고 오른쪽 대뇌의 직관력 밸브를 활짝

열어놓는다. 아울러 감성조절 센서가 과열되지 않도록 냉각수를 충분히

준비한다. 그런 다음 낙타 몰이꾼 한 명과 낙타 두 마리를 구한다.

낙타는 박트리아 산 낙타가 최상이다. 돈이 많은 여행자라면 안내원에게

인색하지 말아야 한다. 그 덕분에 얻게 되는 혜택이 지불한 돈보다

더 많이 돌아오기 때문이다. 여자를 동반하면 즐거울 수 있으나 자칫

감정조절 센서에 오류가 발생될 수 있을 것이다. 라흐르에서 카슈가르를 통과할 때는

험준한 힌두쿠시 산맥과 파미르 고원에서 반드시 산신령에게 고사를 지내야 한다.

그러지 않으면 바람과 우박이 쏟아지고 밤에는 악령의
불씨가 별빛처럼 반짝이며
당신을 유혹할 것이다.
마침내 모든 난관을 극복하고 실크로드를 무사히 건너왔
다면 거울 앞에 서보라.
문득 당신의 모습이 낯설 것이다. 당신이 당신에게 와락
안기고 싶은
없던 품이 생겨났을 것이다. 그러나 조심하라.
당신의 정신 건강이 나빠지면 신기루처럼 그 품은 줄어
들거나 없어질지도 모른다.

죽음으로 가는 지름길은 어디 있을까

불행하기 위해 태어난 미켈란젤로를 읽다가
그가 그린 시스티나 성당의 천장화를 펼친다 주르륵,
　천지가 창조되고 재앙과, 고난과, 통곡과 비탄이 와르르
쏟아진다
　나는 역동성 넘치는 창조주, 그 근육질의 허벅지를 지나
벌거벗고 술 취한 노아와 희희덕대다가
　놀랍고 두려운 얼굴이 어여쁜 델포이의 예언자 곁에 멈
춘다
　그녀는 어떤 무서운 비밀을 알아버린 것일까
왼팔을 뻗어 가리키는 것은 무엇일까
불온한 붉은 치마 한 자락에 기대 예레미아는 침통하다
무수한 상심의 뿌리, 울울한 그의 수염이 무릎을 덮고
눈은 명부처럼 캄캄하다
기다란 매부리코가 벌름거린다

죽음으로 가는 지름길은 어디 있을까

무엇이었을까

수평선과 하늘과 모래사장이 나란히 누웠다
나도 수평으로 눕는다
참 멋대가리 없게도 설치한 번지점프 장치가 거슬린다고
장애물을 넘지 못하는 내 시야가 투덜거린다
해안에 도달한 파도가 발바닥을 간질이며
가자가자가자고 재촉하지만…
나는 모른 척 하늘을 본다
투명한 하늘을 떠도는 거뭇거뭇한 어지러움
무수한 눈동자 같다
관망하거나, 주시하거나, 맴돌며 번득이며
혹은 무엇인가 빗발처럼 쏘아 보내는…
찰칵!
말간 어떤 시선이 나를 찍고 사라진다
무엇이었을까?

수달을 기다리며

수달을 기다리다 잠이 들었다
꿈이 들찔레처럼 하얗게 내 잠을 덮었을 때
어라연 삼선암에 달빛 출렁일 때
바위틈으로 내민 동그란 머리를 보았다
작고 반짝이는 두 눈을 보았다
물가로 가만가만 내려오는 발을 보았다
어디 있었는지 네 마리의 수달이 뒤따라왔다
새끼들은 암갈색 털을 반짝이며
물에서 텀벙거렸다
물갈퀴를 움직일 때마다 찰박찰박,
물이 내 잠에 튀었다
잠이 비릿했다
수달은 나를 재워놓고 놀고 있었다
이슬이 이마를 두드릴 때까지
내 잠이 차가워질 때까지
저희끼리 놀고 있었다

서울과 동해 사이

서울이 나에게 '너는 또 동해로 가고 있군' 하고 말한다
동해가 나에게 '너는 지금 동해로 오고 있어' 라고 한다
간다—온다 사이에서 나는 엉거주춤하다
말과 글자와 사람 사이에서 나는 늘 엉거주춤하다
분명한 사실은 지금 비가 오고 있고
아스팔트에 윤기가 흐르고
언덕을 올라가는 자동차의 숨소리가 거칠어졌다는 것

내 옆자리에는 낡은 배낭이 앉아 있다
헐렁한 지퍼를 조금 내린 채
오래전부터 그렇게 앉아 있었다는 듯 편안하게
나는 그것 안으로 손을 슬몃 넣어 사과 하나를 꺼낸다
순순히 딸려 나오는 사과
나는 벌건 그것을 한입 베어 문다
그다지 당기지 않는다
내 이빨에 난 상처가 선명한 사과를 도로 넣고
나는 창밖으로 고개를 돌린다
나무들이 비를 맞으며 내가 온 길로 달아나고 있다

버스는 동해 쪽으로 바짝 붙었다 조금 후면
비가 와도 젖지 않는 물고기를 만나게 될 것이다

고래 박물관

살아 펄떡이는 것들의 짝짓기, 그것은 투쟁이다
어둡고 목마른 기다림의 긴 터널이다
한 마리의 노루가 홀로 새끼를 데리고
아슬아슬한 고비를 넘어왔으나
다가올 시련의 시작에 불과하듯이 짝짓기는
막 칼집을 넣은 첫 목숨의 통점이다

고래의 뒷다리, 보일까말까 하는 그 작은 뒷다리가
미끄러운 서로의 몸을 포개도록 도와 짝을 짓는다
태초에는 발굽이 달리고 저렇게 머리가 비대하지도,
몸이 납작하지도 않았다는 고래
육지에 살다가 바다로 가버린 고래를
바다에서 보지 못하고
나는 박물관에서 그들의 조상을 만난다

나비 날개를 수천만 개 쫙 펼쳐놓은 듯한
수염고래의 등뼈화석
지금 저 먼 먼 바다를 헤엄치고 있을 목동고래,
귀신고래, 향고래,
밍크고래, 대왕고래의 등뼈도 이처럼 아름다울까. 문득

수염고래의 등뼈화석이 수천 마리 나비가 되어
화르르르 날아오른다
허공을 바다처럼 부드럽고 가볍게 저어간다
어디선지 혹등고래 휘파람소리 아득하게 들려온다
나도 저 화석 날개를 달고 그들에게 힘껏 헤엄쳐 갈 수
있다면,
수메르인들의 갈대집과도 같은 고래 뱃속으로 들어가
여릿여릿한 새끼 고래로 다시 태어날 수 있다면,

불빛

밤 12시
수평선에 불빛 환하다
검은 장막 속 불빛만 태초처럼 놓여 있다
모든 것은 숨겨져 있다
나는 숨지 않았는데 어둠이 나를 숨긴 것처럼

불빛이 하나, 둘 불어나며 수평선이 휘황해진다
숨겨진 것들이 수평선으로 모이는지
바라보던 내가 눈부시다

새벽이 되자
어둠이 서서히 물러가고
숨겨졌던 것들이 하나하나 제 자리를 찾는다
또 무슨 어둠을 태우러 갔는지 불빛들 없다

새벽안개를 헤치며 서서히 다가오는 오징어잡이 배들
밤새, 팽팽하게 겨루었을 필사의 펄떡임이 기진해져
뭍으로 미끄러져온다
미끈하고 하얀 몸뚱이들이 갑판 가득 널브러졌다

오색딱따구리

눈 덮인 금대봉 귀밑머리가 희게 빛난다
제당궁샘은 어디 있을까

층층나무 밑으로
무슨 발자국이 부호처럼 찍혀 있다
걷다가 뛰다가 미끄러지기도 하는 그 발자국
따라가는 나도 미끄러진다
누워서 바라보는 하늘
저게 샘 아닌가?

몸빛이 오색인 새 한 마리가
샘물을 뜨러 간다
날갯짓에 허공이 출렁인다
새는 뒷머리 붉은 띠로 쓰윽,
了를 긋는다

둥지

굴참나무 아득한 꼭대기에
까치 한 마리
낡은 둥지를 깁고 있다
하늘 쪽으로 입을 벌린 저 캄캄한 구멍
어느 생의 굴뚝 같은!

굴참나무 아득한 구멍에서
까치 한 마리
두리번거리며 알을 품고 있다
하늘 안팎을 넘나들 네 쌍의 날개를
몸 부풀려 끌어안고 있다

어디선가 화르르르 시간의 깃털이 날아오른다

굴참나무 마른 잎이 툭툭 떨어진다
허공이 집이었던 이파리들이
흙으로 돌아가 얼굴을 묻는다

우수수
날이 저문다

가뭇한 별 하나가
둥지 속에 들어와 모로 눕는다

막다른 문 앞에서

그래, 냇물로 왔지만 바다로 돌아가기 위하여 나는 막다른 녹
슨 문에 결전의 방아쇠를 당긴다

빛의 연금술과 꿈의 영토

김진희(문학평론가)

꿈은 현실과 어떻게 다른가. 그리고 시와 어떻게 닮아 있는가. 꿈에는 그의 언어와 문법과 역사가 있다. 그것은 현실의 시간과는 다른 층위에서 스스로의 세계를 만들어 나간다. 이런 의미에서 꿈은 현실 안에 사는 우리에게 새로운 세계와 낯선 체험을 가능케 하는 언어의 시·공간이다. 詩가 꿈과 닮은 지점이 바로 여기일 것인데, 김향 시인의 이번 시집 역시 이런 꿈의 영토를 창조하며 몽상의 즐거움을 주고 있다. 그에게 꿈은 잠을 매개로 이루어진 것이기도 하고, 소망의 비유이기도 하며, 낯선 시간과 장소가 환기시키는 미지(未知)의 존재들에 대한 동경이기도 하다. 따라서 그의 시에서 잠이나, 여행의 모티브가 많이 나타나는 까닭은 바로 꿈을 통해 새로운 상상의 영토를 지향하는 시인의식에서 비롯한다.

　그런데 한편 꿈의 순간성을 충만한 경험으로 만들어주
는 이미지로 ‘빛’이 주요하게 등장하는데, 이런 의미에서
‘꿈’과 ‘잠’, 그리고 ‘빛’은 김향 시인의 시세계를 움직여
나가는 주요한 동력으로 생각해볼 수 있을 것이다. 이를
통해 시인은 자신이 서 있는 현실의 ‘녹슨 문’(「막다른 문
앞에서」)을 나와 새로운 상상의 문에 들어서고 있기 때문
이다.

　　꿈이 너무 부셔서 잠이 깼다
　　방 안 가득 빛이다
　　후다닥 일어나 빛 가운데 앉는다
　　빛은 부드럽고 미끄럽게 나를 쌈 싼다
　　한 입!
　　무엇의 입 속으로 나는 들어가고 있는 걸까

　　내 헌 몸이 녹아드는지 둥둥 가볍다
　　빛은 빠르게 이동한다
　　금세 내가 그늘진다
　　몸이 무거워진다 다시,
　　그 부신 꿈을 꾸어보려고 잠 속으로 기어드니
　　꿈이 텅 비었다

　　텅텅,
　　잠을 두드리니

허탕이 삐걱 문을 연다

하얀 복면이다

─ 「눈부시다」 전문

시집에 실린 첫 작품인 위의 시는 시인의식의 원형을 드러내고 있는 것으로 보인다. 시인은 잠을 자다 눈부신 꿈을 느끼고 일어나 빛 가운데 앉는다. 1연에서 2연의 전반부까지는 시인의 의식이 여전히 꿈 안에 머물러 있음을 알려준다. 시인은 부드러운 빛을 감지하면서 자신의 '헌 몸'이 녹고 새로운 존재로 '둥둥' 상승하고 있음을 느낀다. 그러나 이내 잠에서 깨 무겁고 어두운 현실의 '나'로 돌아온다.

고통스런 불면의 밤이, 잠을 까맣게 태우며 꿈을 긁어대는 두려운 무의식을 일깨웠다면(「불면」) 이 작품은 현실의 어둠과 대비되는 빛의 세계에 대한 시인의 동경이 드러나 있으며, 그 빛 안에서 자신의 순수한 영혼과 대면하게 되는 시적 순간을 창조하고 있다. 시인이 마주친 '하얀 복면'은 빛의 세계로 떠오른 밝고 부드러운 아니마(anima)가 아니었을까. 이런 의미에서 꿈은 자아가, 무의식의 어두운 그림자로부터 벗어나 밝고 부드러운 영혼을 찾아가는 과정이며, 이때 빛의 이미지는 자아의 영혼을 환하고 풍요롭게 만드는 상상력의 근원임을 알 수 있다.

1. 시선이 만드는 빛의 풍경

김향 시인은 햇빛 아래 빛나는 사물들을 즐겨 시화(詩化)하는데, 그의 시선은 빛이 머무는 시간과 공간을 따라 움직이면서 사물의 변화를 시각적으로 그려내고 있다.

> 갑자기 물 속에서 은장도 하나가 튀어 올라
> 햇빛에 찰칵 부딪친다
> 햇빛이 사악 베인다
> 수면이 반짝 들린다
>
> 초현실주의적 구름 밑으로
> 저녁 해의 헛바닥이 간신히 걸린다
> 백사장이 점점 오므라든다
>
> 강물을 허벅지에 걸치고 고기 잡던 사내가
> 어디론지 가고 없다
> 머리만 남은 수초들이 허우적거린다
> 내가 딛고 온 작은 바위들이 보이지 않는다
> 덜커덕, 나는 강물에 갇힌다
>
> ─ 「은어와 밀물」 전문

위의 시는 햇빛이 점점 사그라져가는 강가의 풍경을 그리고 있다. 1연에서는 강물에서 튀어 오른 '은어'는 '은장도'에 비유되어 빛과 만난 금속의 반짝임을 강조하고 있다. 2연에서는 맑은 하늘을 배경으로 흐르는 구름의 도드라진 형상이, 시인에게는 이질적인 사물들로 가득 찬 초현

실주의 화면처럼 인식되었나보다. 빛이 사라지면서 백사
장이 점점 시야에서 사라지는 것을 시인은 백사장이 오므
라든다고 표현하고 있다. 이런 시적 진술의 특성은, 바라보
는 자의 시선에 따라, 또 빛의 양에 따라 대상의 외양이 다
르게 표현되는 인상주의 화풍을 연상케 한다. 3연, 4연도
마찬가지다. 고기잡이 사내도, 바위도, 수초의 몸도 모두
어둠과 함께 나의 시야에서 사라짐으로써 존재감을 상실
하고 강물에 갇힌 '나' 만 의식 속에 남아 있다.

　이처럼 빛은 사물에 존재감을 부여하고 현존의 풍요로움
을 제공하는 이미지로 드러난다. 모든 존재들은 햇빛 아래
서 가장 아름답게 자신을 현현(顯現)하는 것이다.

　　물 속에 무지개가 떴다
　　춘천에서 양구 가는 배가 일으키는 물거품을 타고
　　무지개는 계속 따라온다
　　명치끝에서 치근거리는 저 森羅와 萬象

　　무지개 너머에서 빛의 알들이 바글바글 끓는다
　　산그늘 하나가 덥석 그들을 덮친다
　　강물이 무겁게 내려앉는다

　　하늘이 달 돋는 쪽으로 기울어진다
　　궁창을 떠돌던 티끌 하나가 새 물결을 일으킨다
　　내가 타고 있던 배가 물결 하나에 기우뚱거린다
　　타닥다닥!

수면을 박차고 새떼가 튀어오른다

새들이 몰고 가는 하늘에

여기저기 쩌어억 금이 간다

— 「궁창을 떠돌던 티끌 하나가」 전문

물과 빛이 만나 '무지개' 가 탄생한다. 뱃머리에서 일어
나는 물거품을 따라 움직이던 빛은 물결을 '森羅와 萬象'
의 모습으로 변화시킨다. 그리고 나아가 바글바글 빛의 알
들이 태어난다. 물은 일반적으로 생명 탄생의 상징을 갖는
데, 이것이 '빛' 과 만나 모든 사물들의 풍요롭고 충만한 탄
생을 환기한다. 시인 역시 뱃전에 부딪히는 물결과 무지개
가 빚어내는 "바글바글" 한 빛의 알, 물의 알들을 상상한다.
이들은 3연에서 궁창을 떠돌던 '티끌' 로 전환된다. 하여
어두워오는 물결을 흔들고, 다시 빛을 머금은 '새' 로 몸을
바꾸면서 어두운 하늘에 빗금을 그으며 날아오른다. 시인
은 빛과 물의 알이 사라지지 않고 어두운 하늘을 가로지르
는 새의 이미지로 상승, 확장됨으로써 결국 작은 빛, "햇빛
한 조각"(「오후 세시에서 다섯 시 사이」)이 궁창을 흔들 만
큼의 큰 힘을 가진 존재임을 말하고 있는 것이다.

빛은 생의 에너지요 근원으로 삶을 아름답게, 충만하게
또 역동적으로 만든다. 이에 시인은 빛을 느끼면서 언어와
세계에 대한 꿈을 펼쳐내는 몽상의 시작(詩作)을 할 수 있는
것이리라.

2. 몽상(夢想)과 현실의 지평선 넘기

몽상의 시학자(詩學者) 바슐라르에게 '몽상' 은 의식의 빛이 존재하는 정신활동이며, 밤의 꿈보다 훨씬 능동적인 꿈꾸기로 상상력 활동의 토대로 인식된다. 김향 시인은 많은 시에서 잠과 꿈, 그리고 사물에 관한 몽상을 통해 상상의 언어를 보여주고 있는데, 특히 빛과 관련하여 펼쳐지는 그의 몽상은 현실의 시·공간을 초월한 자아의 경험과 세계를 보여주고 있다.

봄볕을 느끼며 시인은 여래 앞에 앉는다. 겨울을 지낸 사물들에게 봄의 빛은 생성을 재촉하는 에너지라는 점에서, 현재의 삶을 더 높게 고양시키는 힘으로 상징화된다.

봉은사 법왕루 따스한 봄볕 내리쬐는 창가에

여자 몇, 비둘기 한 쌍 나른하게 들어 있다

여래도 봄볕에 노곤하신지 눈이 가무스름하다

나는 금강경을 꾹꾹 눌러 적는 여자와

염주를 돌리며 절하는 여자 사이에 주섬주섬 앉는다

무거운 눈꺼풀이 저절로 스르르 눈동자를 덮는다

마당에서는 새들이, 담 너머 아셈 거리에서는 자동차 바

퀴들이

저마다의 경전을 중얼거리며 염주를 굴린다

펄럭, 금강경 한 장이 꽃살문에 화살처럼 박힌다

단단한 그 죽비 한 차례에 내 물렁한 등이 터진다

푸드득, 비둘기 날아가는 소리
대뚱거리던 그 다홍 발목 어느 대목에 걸려 넘어졌을까

눈을 떴다
눈앞이 어릿어릿하다
앞뜰 단풍이 빨갛다
경전도 염주도 비둘기도 없다
마주보이는 법당 기왓장이 한 겹 더 색을 벗었다
몇 십, 몇 백 날이 훠이훠이 날아갔는지
여래의 턱수염이 조금 길어졌다
　　　　　―「몇 십, 몇 백 날이 훠이훠이 날아갔을까」 전문

　봄볕이 내리쬐는 창가, 법당 안의 명상은 현실의 시·공
간을 넘어서는 몽상의 순간을 체험케 한다. 1연 6행의 "무
거운 눈꺼풀"에서부터 2연의 끝부분까지 시인의 꿈은 이
어진다. 그러나 3연에는 1연을 토대로 상상할 수 없는 시적
현실이 펼쳐진다. 1연의 후반부에서 시인의 몽상은 아셈거
리를 떠올리고 있다. 마당의 새들도, 굴러가는 자동차들도
경전을 중얼거리며, 염주를 굴리는 신앙의 깊이와 넓이에
대한 깨달음은 '죽비'라는 시각적, 청각적 소재를 통해 시
인의 반성을 촉구한다. 비둘기가 날아가는 소리가 시인의
의식을 일깨우는데, 이때 대뚱거리던 그 다홍 발목이란, 비
둘기의 발목이라기보다는 꿈과 현실 사이에 대뚱거리는
시인 자신의 의식을 비유하는 것으로 읽힌다. 3연에서 눈
을 떴다고 진술하지만 이때의 현실은 1연의 현실과 다르

다. 1연에서 2연에 이르는 몽상의 시간은 물리적으로는 순간이겠지만 의식의 시·공간에서는 '몇 십, 몇 백 날이 흐름'으로써 현실을 재구성하고 재창조한다.

시인은 「오래된 잠」에서도 "우주를 떠돌던 그녀의 오래된 잠이/어느 봄날 나른한 창가에서 눈을" 뜨는 몽상 속에서 "털북숭이 사내들이 맨손으로 물고기를 잡고/벌거벗은 여자들은 젖과 꿀이 흐르는 열매를" 따는 선사시대의 경험을 상상한다. 이처럼 빛과 꿈을 통한 몽상은 시인에게 현실을 초월한 시·공간을 상상하게 만드는 동력이다. 아래의 시는 그런 초현실적인 시·공간에 놓인 시인의 경험을 환상적으로 그리고 있다.

한 마리 나비를 따라갑니다
……………

가다가 쉬고 쉬다가 가면서……

날은 맑고 햇빛은 뜨겁습니다
날은 흐리고 비 오고 눈 내립니다

나비 등에 내가 업히다가
나의 등에 나비가 업히다가……
……………
…………………………

한 수레가 간 길을 따라갑니다
바퀴가 지평선을 감고 사라진 곳에서
내가 깜빡 사라집니다

날은 맑고 햇빛은 뜨겁습니다
날은 흐리고 비 오고 눈 내립니다
— 「수레 발자국」 전문

시인은 나비를 따라 어디로 가는 것일까. 「수레 발자국」라는 제목의 이 작품은 중반부쯤에 가서 '나비를 따라간다' 는 진술을 '한 수레가 간 길을 따라간다' 로 바꾸고 있다. 수레나 바퀴는 일반적으로 인생이나 역사의 흐름 등을 상징한다. 그렇다면 시인은 '나비' 를 따라가는 길, 즉 아름답고 환상적인 나비의 날갯짓을 따라가기 위해 가다 쉬기를 반복하면서 살고 있는 우리의 '인생' 자체를 말하고 있는 것일까.

나비와 수레를 따라가는 '나' 의 움직임을 강조하고 지속성을 시각화하기 위해 수많은 점들이 찍혀 있다. 나비를 따라 길을 나선 '나' 는 맑은 날의 햇빛도 만나고 흐린 날의 비와 눈도 만나며 쉼 없이 간다. 시인은 가다와 쉬다, 맑은 날과 흐린 날, 내가 나비 등에 업히기와 나비가 내 등에 업히기라는 대립적 상황을 동시적으로 진술함으로써 양가적

측면이 공존하는 삶의 현실을 드러낸다. 그런 삶의 과정을 거쳐 '나'가 당도한 곳은 지평선의 저 끝이다. 그리고 여전히 날은 맑거나 흐리다, 우리가 깜빡 사라져도. 시인은 어쩌면 "꿈에 내가 죽어가고 있었다"(「꿈 속의 꿈」)라는 상상을 이처럼 아름답게 하는 것인지도 모른다. 죽음이라는 또 하나의 삶은 지평선을 넘어서는 것, 그것인지도…….

3. 순하고 밝은 죽음

빛은 그 아래 존재들을 빛으로 충만하게 하고, 가장 아름다운 생의 순간을 갖게 하지만, 한편으로 그것은 시간의 흐름에 무력하다. 빛의 운명은 인간과 닮아 있다. 시간이 흐르면 빛이 사그라지고 소멸하듯이 삶도 마찬가지다. 이런 의미에서 '죽음'에 관한 사유는 '빛'에 대한 동경과 맞물려 있는 것으로 보인다. 시집에는 '빛'에 관해 쓴 시만큼 '죽음'에 관한 시 역시 다수를 차지한다. 「죽음이 햇빛에 반짝반짝하다」나 「죽음으로 가는 지름길은 어디 있을까」처럼 제목을 통해 죽음에 관한 주제의식을 드러내는 작품은 물론 「어느 게와의 짧은 만남」 「어떤 검증」 등 내용이 죽음에 관한 성찰을 토대로 이루어진 작품이 아주 많다.

오늘은 그가 이사하는 날
이삿짐도, 더불어 살아갈 식구도 없이
혼자 이사를 한다

삶을 처음 시작할 때처럼 맨주먹이다
자주 바람이 들이치던 집
함께 아프며 같이 낡아가던 집을 떠나
새 집으로 그가 흔들흔들 들어간다
그가 아니면 들어갈 수 없는 집
다시는 옮겨갈 수 없는 집

그가 당도하자 집은 입을 열어 그를 맞는다
축축한 혓바닥과 후끈한 입김으로
뻣뻣한 그의 몸을 받는다
한때 그의 기둥이며 줄기였던 뼈다귀들을 껴안고
오랜 노동으로 휘어진 등뼈와
오른쪽이 짧은 팔다리를 가지런히 펼쳐놓는다

만삭이 되어도 분만하지 못하는 저 봉분들
달빛 아래 쭈빗쭈빗 털이 곤두선다

— 「이사」 전문

　위의 시는 죽음을 맞이한 '그'가 봉분으로 들어가는 과
정을 담담하게 그리고 있다. 만약, 도대체 그는 어디로 이
사를 가는 걸까라는 물음을 간직한 채, 순차적으로 시를 따
라 읽어 내려간 독자라면 마지막 연이 주는 충격에서 쉽게
벗어날 수 없을 것이다. 한 사람의 이사를 차분하게 진술해
나가는 시인의 시선이 마지막 연에서는 구체적이고, 직접
적으로 죽음을 환기시키고 있기 때문이다. 달빛 아래 놓인

봉분의 이미지가 그로테스크하기까지 한 마지막 연은 어쩔 수 없는, 죽음의 비극성을 불러일으킨다.

그런데 주목할 것은 이 '죽음'에 빛이 비칠 때 그 죽음은 순하고 아름답게 생성의 힘을 발휘한다는 점이다. 이런 특성이 바로 죽음을 사유하는 시인의 개성이 드러나는 지점이기도 하다. 죽음을 바라보는 그의 시선은 빛과 함께 "무덤을 덮은 까맣고 노란 돌멩이들"을 "반지르르하"게 만듦으로써 "죽음이 햇빛에 반짝반짝하"도록 만든다(「죽음이 햇빛에 반짝반짝하다」).

벗나무에 기대 바라보는 강 건너 무덤이 나른하다
내 눈꺼풀도 점점 나른해진다
천하장사도 무거워 들어올리지 못한다는 제 잠의 눈꺼풀
이대로 눈 닫아버리면 저 떨어진 흰 꽃잎들이
날 데리고 강 건너 줄까

들고 나는 목숨들이 뜨고 지는 자리
양지바른 곳으로 머리를 둔 저 죽음이 순하다
— 「저 죽음이 순하다」 전문

벗꽃이 만개한 벗나무에 기대어 시인은 강 건너 양지바른 곳에 햇빛을 받으며 누워 있는 죽음을 생각한다. 그리고 활짝 핀 벗꽃과 따스한 햇볕 아래, 나른한 잠 속에서 죽음을 꿈꾼다. 신화적으로 강을 건너는 것이 죽음의 문으로 향하는 것이듯, 시인은 꽃잎들을 거느리고 밝고, 아름다운 죽음을 향해 갈 수 있을까 상상한다. 즉 수많은 목숨들이 뜨고 지는 상징적 공간인 강가에 서서 봄날 양광을 받으며 누워 있는 저 죽음들도 죽음의 비극성을 넘어 순하디순한, 다른 생을 사는 것은 아닐까 상상하게 되는 것이다.

이런 상상을 통해 시인은 "사라나무 꼭대기에" 걸린 수세기 묵은 버려진 고깔에서 순한 목숨을 가진 새싹의 이마를 만나게 되고(「고깔」) "꽃 진 자리, 그 검은 폐허"에서 "단 하루뿐인 바오밥꽃의 생명" 봉오리가 "하얗게 폭발하"며 "부풀어 터지"는 것을 목격한다(「꽃 진 자리, 그 검은 폐허에」).

4. 들숨과 날숨, 생성의 언어

죽음을 통해서 생명의 가능성을 보는 시인의 역설적 상상력이나 빛이 가진 생명력과 풍요로움을 지향하는 시인의 의식은 새로운 생에 대한 염원과 맞닿아 있다. 하늘 아래의 첫 호수라는 이름을 가진 티베트의 남쵸호수를 찾아가는 시인의 마음 속에는 새로운 생에 대한 간절함이 스며 있다.

남쵸 남쵸 남쵸 남쵸 남쵸 남쵸 남쵸 남쵸…

기다려라
너에게로 가는 마지막 고개 5,200미터를

헉, 헉, 헉, 헉, 넘는다
거의 다 왔다 아니다
눈발 날린다
이 굵은 눈 그치지 않으면
너에게 가지 못하리
온 천지가 눈인데 뼛속까지 눈인데
또 눈눈, 내리는구나

오다가 그치는구나
그때 문득 보인다
네 푸른 몸뚱이 반짝이는 비늘
하늘 아래 첫 호수
(…중략…)

너는 물결로 오고 물결로 가서
다시 또 새것으로 오지만
나는 언제 새 걸음으로 와
네 곁에 다시 누울까

— 「남쵸호수에게 다가가기」 부분

남쵸호수와 가까워지는 거리를 남쵸의 글자 크기로 시각
화시키는 시인의 상상이 재미있게 느껴진다. 그는 하늘빛
을 받으면서 푸르게 반짝이는 호수의 물결을 바라보며, 언
제나 새롭게 태어나는 저 호수처럼, 자신도 어떻게 하면 새
로운 존재로 태어날 수 있을까 생각한다. 고래 박물관에 가

서도 화석 날개를 보며 "수메르인들의 갈대집과도 같은 고
래 뱃속으로 들어가/여릿여릿한 새끼 고래로 다시 태어날
수 있"(「고래 박물관」)음을 상상하는, 존재론적 전환의 꿈
은 지금 여기의 삶에 관한 반성적 인식에서 비롯된다.

     지리산 키 큰 낙엽수 밑을 지나다
     돌부리에 걸려 넘어졌을 때 겨우
     화엄제비꽃을 보았다
     몸을 낮추어야 그 세계를 들여다볼 수 있는 꽃
     화엄 가운데 발기한 꽃자리는 그래도 붉다

     낙엽수 컴컴한 밑동에 화엄이 물결친다
     엎어진 채 마음 한 구석 축축한 곳에
     제비꽃 한 그루 옮겨 심는다

     나는 언제쯤 저 화엄의 물관을 타고 내려가
     내 마음 환하게 들여다볼 수 있을까
                      — 「화엄제비꽃」 전문

    제비꽃은 작고 보잘 것 없는 꽃이지만, '화엄제비꽃'은
어리고 작은 제비꽃이 자신의 몸을 낮춤으로써 '덕'을 수
행하고 있음을 상징적으로 보여준다. 자신의 마음을 닦고,
덕을 수행함으로써 인간은 진정 자신의 환한 본 모습과 마
주할 수 있을 것이다. 이것이 어쩌면 시인이 마주하고 싶
은, 밝게 빛나는 순수한 자아인지도 모른다. 그러나 우리가

현실 속에서 '환한 마음'을 갖는다는 것은 어렵고도 지난한 일이다. 시인은 이런 자신을 찾고자 길을 "떠돌다가 우리는 보르칸산 기슭에서/그 호수를 보았습니다 온몸이 눈인 호수에는/우리가 지나온 길이 다 담겨 있었습니다/아직 딛지 못한 하늘까지" 담겨진 자연과 조우한다.(「유목의 내 마음이」) 시인에게 대자연과의 만남은 자신의 내면을 심화시키고 확장시키는 중요한 계기가 되는 것 같다.

> 마침내 모든 난관을 극복하고 실크로드를 무사히 건너왔다면 거울 앞에 서보라.
> 문득 당신의 모습이 낯설 것이다. 당신이 당신에게 와락 안기고 싶은
> 없던 품이 생겨났을 것이다. 그러나 조심하라.
> 당신의 정신 건강이 나빠지면 신기루처럼 그 품은 줄어들거나 없어질지도 모른다.
>
> — 「실크로드를 탐사하려면」 부분

그리하여 존재론적 전환을 맞이함으로써 문득 없던 마음의 품이 생긴 자신을 느낄 수도 있을 것이다. 그러나 이런 모든 변화를 가능케 하는 것은, 시인이 말하듯 우리 '정신'의 강건함에서 비롯한다. 이는 세상은 문자 그대로 '실크로드'가 아니기 때문이다. 모든 "길은 비릿한 슬픔"과 핏물을 간직한 "천로역정"이기에 (「길은 천로역정이다」) 이런 길을 통과함으로써만 내면의 빛으로 충만한 자신을 만날 수 있을 것이다. 이러한 내면에서 이질적이고 낯선 것들

과 공존하며, 아름다운 조화를 만들어내는 시가 탄생한다
고 시인은 생각한다.

　　정화의 물이 가득한 목욕통에서 그가 나온다
　　조심스럽게 풀무를 일으켜 불을 지핀다
　　화덕이 눈을 뜬다 자궁이 시뻘겋게 달아오른다
　　황금의 묘약이 노랗게 익어간다

　　숫양의 별들이 총총한 밤
　　하늘이 뜨겁다
　　만삭의 달이 무겁다

　　화덕이 신전이다

―「연금술사」 부분

　위의 시는 이질적인 물질들의 결합을 통해 금이 만들어
지는 연금술의 과정을 인간적 층위의 생명 탄생에 비유하
고 있다. 금을 만들 화덕이 여성의 자궁으로 표현되고 '숫'
양의 별들과 여성성을 간직한 달의 만남은 모두 탄생의 이
미지를 강조한다. 시인의 말대로 화덕이야말로 새로운 생
명을 창조하는 신전인 셈이다. 시인은 이런 비유와 상징들
을 통해 무엇을 말하려고 하는 걸까. 이질적인 사물들의 융
합을 통해 전혀 새로운 차원의 생성물을 만들듯 서로 다른
언어와 세계와 경험에 관한 몽상을 통해 새로운 세계, 새로
운 영토를 만드는 시인 역시 연금술사이다. 따라서 시인이

상상하는 마음의 화덕에는 늘 언어와 '森羅萬象'이 바글바
글 끓는 항아리가 놓여 있는지도 모른다. 그리하여 마음이
빚는 환한 빛은 세상과 언어의 만남 속에서 새로운 시어를
탄생시킨다. 시인은 그 시어들을 '내 아이들'이라 명명한
다.

> 우리의 대제께서는 우아한 카롤링 서체를 요구했지만
> 나는 휴머니스트 서체로 쓰고 싶다
> 둥글고 넓적하고 편안한
>
> 드디어 마지막 문장, 손이 시리다
> 잉크가 얼기 전에 불을 조금만 더 지펴야겠다
> 불빛에 어른거리는 아름다운 글자들
> 이건 필사본이 아니다
> 내 들숨과 날숨이 분만한 아이들이다
> ─「나는 중세의 필경사」부분

　따뜻한 불빛 속에서 태어나는 아름다운 글자들과 시어
들, 그리고 탄생에 관한 행복한 몽상 ……. 시인은 고정된
관념이나 어떤 원칙에 얽매인 시가 아니라 있는 그대로의,
인간적인 시를 쓰고 싶어한다. 이런 시야말로 남의 생각을
옮겨 적은 필사본이 아니라 내가 분만한, 나의 들숨과 날
숨이라는 자연스런 생명감이 스민 언어가 될 수 있기 때문
이다.
　이 작품에서도 역시 빛에 대한 상상력은 시인의 언어에

온기와 생명감을 불어넣어준다. 추위 속에서 불빛은 따스함과 빛을 거느리고 있으며, 마치 화덕의 불꽃을 살리듯, 들숨과 날숨이 만들어내는 내면의 불꽃은 아름답고 충만한 언어들을 만들어낸다. 그 언어들은 천상으로 올라가 지상의 어둠을 밝히는 별빛으로 살아간다. 이런 의미에서 누군가 시를 읽는 것은 별을 읽는 일이기도 할 것이다(「책을 쓸다」).

　시인이 추구하는, 시에 관한 이런 사유는 전통적인 것이다. 그러나 여전히 시를 읽는 우리는 어두운 현실을 넘어서는 아름답고 따스한 상상의 영토와 만나고자 한다. 때문에 죽음과 어둠을 감싸는, 꿈과 현실의 경계를 가로지르는, 이질적이고 낯선 세계와 언어를 조화시키는 연금술 같은 빛의 상상력은 따스한 '휴머니스트 서체'를 지향하는 시인의 내면을 환하게 밝히고, 나아가 독자들에게로 퍼져나갈 수 있는 것이다. 이런 의미에서 시인은 막다른 녹슨 문이 아니라, (「막다른 문 앞에서」) 인생의 외딴길, 그렇지만 샘처럼 언어가 용솟음치는, 또 다른 시작의 '배꼽'에 서 있다(「배꼽」).